ÉPHÉMÉRIDES

DES

COURANTS POLITIQUES

DE 1862.

Par UN MÉDAILLÉ DE SAINTE-HÉLÈNE,

(CAMPAGNE DE SAXE 1813.)

MOULINS

IMPRIMERIE DE C. DESROSIERS.

1863.

ÉPHÉMÉRIDES

DES COURANTS POLITIQUES DE 1862.

VINGTIÈME CONTE DROLATIQUE.

Sur son zénith orbiculaire
Où dans son coin tourne la terre,
Au milieu d'astres éclatants,

Tourna... longtemps aussi la France
Sur un dada d'égalité
Qui sans aucune consistance
Ne lui laissa pour vérité
Qu'un clair obscur de liberté.

La perfectibilité liberticide de la Constitution de 1791 enfanta la Convention dont les lugubres souvenirs se perdirent dans les cris joyeux des conquêtes de l'Empire qui firent naître le droit constitutionnel qui fonctionne dans plusieurs contrées de l'Europe qui cependant pourrait se trouver exposée à subir encore de nouvelles métamorphoses si l'Union américaine ne s'était pas absorbée dans la question esclavagiste, d'une guerre fratricide... qui l'empêchera pendant de longues années de s'occuper des mouvements démocratiques du vieux monde, pour en faire disparaître les monarchies oppressives fondées sur des paradoxes politiques et religieux.

> Tour à tour on l'a vue
> Glorieuse ou vaincue
> Peu fidèle à ses rois,
> Du despotisme user les lois.
> Dans un courant qui vous entraîne
> Sans marcher à sa volonté
> On traîne malgré soi la chaîne
> De la fatalité.

L'émeute du 24 février 1848 fut le courant démagogique d'une révolution qui n'offrit à ses meneurs aucun principe de définition sociale.

Un jour, excitée par quelques orateurs de la chambre des députés, qui voulaient que les électeurs adjoints à la liste du jury fussent déclarés électeurs censitaires, la garde nationale cria *vive la réforme!* Le peuple ne voulant pas rester oisif, se mit dans chaque rue à faire des barricades. Les plus solides appuis du Gouvernement chancellent. La proposition du maréchal Bujeau, de défendre le Palais-Royal est ajournée. L'armée s'arrête comme paralysée, le roi abdique, la régence ne parvient pas à s'établir, la minorité active du Corps Législatif proclame la République. ... que Paris acclame comme une fantaisie populaire...

Si de cette singulière métamorphose on est curieux de connaître les causes, on n'a qu'à lire la fin de la lettre que le prince de Joinville écrivait en 1847 à son frère le duc de Nemours :

« Tout cela, dit le prince de Joinville, est l'œuvre d'un roi qui veut gouverner seul.... Triste vieillesse d'un roi à qui les forces manquent pour prendre une résolution virile.

« Le pire est que je ne vois pas de remèdes. . Au dehors, que faire pour élever notre situation et prendre une ligne de conduite qui soit du goût de notre pays.

« Ce n'est certes pas en faisant en Suisse une intervention austro-française qui serait pour nous ce que la campagne d'Espagne, en 1823, fut pour la restauration.

« J'avais espéré que l'Italie nous aurait donné un dérivant ; mais c'est trop tard, la bataille est perdue ici ... Je me résume.

« En France, les finances sont délabrées.... au dehors, placé entre une amende honorable à Palmerston au sujet des mariages espagnols, ou bien une cause commune avec l'Autriche, pour faire le gendarme en Suisse, ou bien lutter en Italie contre nos principes et nos alliés naturels.... Tout cela se rapporte au roi.... au roi seul qui a faussé nos institutions constitutionnelles.

« Je trouve tout cela très-sérieux parce que je crains que des questions de ministres et de portefeuilles soient un jour laissées de côté ; ceci deviendrait un grave danger si une assemblée populaire allait se mettre à discuter des questions de principes.

« Si encore on pouvait trouver quelque affaire à conduire vivement et, qui par son succès pût un peu rallier notre monde, on aurait des chances de gagner la bataille ; mais je cherche, ne trouve et ne vois rien. »

En effet, sur la surface des courants politiques de cette époque, ainsi que le prince de Joinville, personne ne voyait rien.

(*Histoire de la Révolution de* 1848, par Daniel Smith.)

La volonté de plaire au chef de son Eglise
Fut depuis Charlemagne une folle entreprise.

Puisque déjà depuis longtemps le cardinal Fleury n'a pas
craint de dire dans le quatrième discours de son histoire
ecclésiastique — que le pape n'est pas plus impeccable que
monarque absolu, de même que les moines ne sont pas
sortis de la boutique de Satan quoiqu'ils aient, dit-il, quelquefois étrangement abusé de leurs richesses et de leurs pri-
vilèges. Avant eux les théologiens qui les ont précédés, ne
sont pas des sophistes, mais il ne faut pas les préférer aux
pères de l'Eglise.

D'imprévoyants amis croient que la succession de Saint-
Pierre aura plus d'autorité, soutenue par la puissance tem-
porelle, triste présent de la donation de Constantin, qui ne
fut cependant connue que par les décrétales d'Isidore.

Lorsqu'on examine tout ce qui fut écrit contre ou en
faveur du patrimoine de Saint-Pierre, on est forcé de con-
venir que Grégoire VII et Innocent III ont été trompés par
les théologiens de leur temps, dont l'église maintenant
subit la conséquence des plus funestes effets.

De Rome les *non possumus*
N'ont contre eux que des *oremus.*
L'élu d'un Dieu qui se fit homme
Doit vivre et mourir à Rome
Chef de la catholicité,
Sans un trop plein de royauté
Au milieu d'une cour plénière,
Possesseur seulement d'une motte de terre.

Contrairement prêché par le père Ventura, devant Pie IX,
en 1849, mieux vaut pour la chaire de Saint Pierre d'être

protégée par une garde d'honneur des nations de la catholicité.

Depuis cette époque la cour de Rome, à la célébration de
la canonisation des Martyrs du Japon morts depuis 264 ans...
malgré les fallacieuses promesses de ses amis les plus
dévoués... espérant regagner tout ce qu'elle avait perdu, n'a
pu obtenir qu'un enthousiasme de circonstance, puisque les
cardinaux ne parvinrent pas à concilier la scission qui divisa
soudainement les évêques de la caravane française dont la
moitié, 24 prélats, déclarèrent qu'ils n'étaient venus à Rome
que pour assister seulement à la cérémonie de la canonisation des martyrs du Japon. Malgré d'insidieuses combinaisons, quoique la lutte eut été sérieusement engagée, la
réponse de tous les évêques ne fut que la reproduction de
l'allocution papale...

> En France, un esprit d'aventure
> Fait sortir sans sécurité,
> Lorsqu'il lui trouve une ouverture
> D'un bon ou d'un mauvais côté,
> Sa fiévreuse activité.

L'histoire de la révolution du 24 février 1848, par M. Gar-
nier-Pagès, nous a fait connaître plusieurs discours des
orateurs ecclésiastiques qui furent appelés à bénir les
arbres de liberté que les frères et amis du triangle égalitaire
avaient fait planter dans toutes les communes de la République.

Aussi l'abbé de la Trappe, le père Heuglin, près de Mor-
tagne (Orne), le 8 août 1848, sans aucune réserve de lan-
gage allant beaucoup plus loin que les socialistes de la
démagmagogie la plus turbulente, ne craignit pas de se
vanter d'être plus avancé en liberté que les rédacteurs du
journal *La vraie République*, en invoquant au nom de la

liberté de justes réclamations en faveur des institutions re-
ligieuses.

« L'égalité, disait-il dans sa lettre, existe et ne peut
vivre que dans les congrégations monastiques, puisqu'elles
seules savent faire le niveau de l'égalité des conditions de la
vie, puisque le riche se tait l'égal de celui dont il n'eut
fait que son serviteur. »

Le frère Heuglin aurait pu même aller encore beaucoup
plus loin, et prouver qu'à l'époque où la doctrine du divin
maître fut prêchée dans les Gaules par les premiers docteurs
de la foi, le populaire esclavagiste, pour se soustraire à la
tyrannie des chefs de clans .. des municipes de l'empire
romain, ne trouva rien de mieux que de se retirer dans les
éclaircies des plus épaisses forêts, où la prière et le
travail ayant été mis en communauté sociale... ce communisme religieux fut la cause première de l'origine des cou-
vents.

> Sur les ailes de l'espérance
> Dans de fâcheux emportements
> Le peuple fut toujours en France
> Précipité dans les courants,
> Des plus futiles contre-temps
> N'utilisant jamais la gloire
> Des jours donnés à la victoire ;
> Mais l'astre qui l'éclaire aujourd'hui de son feu,
> Prouve que son Génie est émané de Dieu.

Des conquêtes de la République et des victoires de l'Empire, les traités de 1815 n'avaient laissé au peuple français
que les yeux pour pleurer des jours de gloire qu'ils croyaient
à jamais perdus. Il a fallu la journée de Solférino pour lui
faire restituer trois départements de la Savoie...

Le travail de la Sainte Enfance
Peut pour la France être un trésor
Si sans sortir de son urgence
On le contient que dans l'essor
De son esprit d'intelligence.

On veut à toute chose aujourd'hui parvenir,
Chacun court cultiver le champ de l'avenir.
Le monde industriel offre une double face.
Ce qui vivait au fond s'élève à la surface.

Quelques fragments du discours de Monsieur le vicomte Anatole Lemercier à la séance du Corps Législatif du 16 juin 1862, nous ont révélé les tendances de deux sociétés célèbres : la Confrérie de Saint-Vincent-de-Paul et la Société du Prince Impérial, où dans les combinaisons de la charité, des hommes séparés par une opposition inconciliable, se sont trouvés être d'accord dans les principes politiques qui les ont fait agir.

Les uns, dans l'entraînement d'une obéissance passive dont les définitions sociales ne doivent être connues que des chefs désignés pour les faire mouvoir ; les autres, tout aussi charitables veulent constituer une stabilité politique dans l'absorption de l'homme dans l'état.

Sans mal préjuger de l'avenir de ces deux sociétés, elles peuvent cependant devenir entre des mains moins habiles une solution malheureuse si elles servaient à faire pencher dans les pentes du communisme les forces qui font vivre et progresser les nations.

Le noble vicomte, sans donner une explication satisfaisante de l'organisation de la confrérie de Saint-Vincent-de-Paul, a voulu établir un singulier parallèle entre la Société du Prince, qu'il trouve n'être pas dissemblable aux projets de loi qui furent présentés par les députés socialistes des législatives de 1848 et 1849 dont M. Nadaud fut un des appologistes les plus fervents, mais qui furent rejetés par la majorité de l'Assemblée nationale. Si l'on veut être de bonne foi, la Société du Prince impérial telle qu'elle a été décrétée, constitue une organisation humanitaire et se présente dans l'ensemble de ses combinaisons comme un redoutable antagoniste à la confrérie de Saint-Vincent-de Paul, qui se cache dans une obscurité religieuse, puisqu'elle ne veut accepter aucune intervention de l'Etat dont le grand maître qui à Paris commandait à plus de huit cents conférences, a donné sa démission à son chef supérieur, un des membres du sacré collége de la théocratie romaine.

Il n'en est pas de même de la Société du Prince qui, dans ses moindres actions, marche au grand jour de la publicité, puisque la cotisation de dix centimes, payée chaque semaine par chaque enfant de la même famille, nécessite le contrôle d'un comité directeur pour la capitalisation d'une caisse d'épargne industrielle, destinée à subvenir aux besoins futurs des sociétaires du travail de la sainte enfance, sous le patronage de femmes augustes et révérées.

Cette solidarité du travail de la sainte enfance, doit être considérée comme l'institution d'une assistance mutuelle, donnée à l'esprit d'association ; puisque l'enfant du peuple aussitôt sa naissance est adopté par sa patrie, qui de la crèche le fait passer à la salle d'asile, premier orphelinat de l'école communale....

Le jour venu qu'il a payé l'impôt du sang,
    Par le droit que la loi lui donne
    De disposer de sa personne,
    Riche d'honneur, pauvre d'argent.

Presque aussitôt l'amour l'engage
Dans les filets du mariage,
, Qui le fait chef de l'atelier
Dont il ne fut que l'ouvrier.
Il donne encore à sa patrie
Jusqu'aux derniers jours de sa vie.

La banque du travail de la sainte enfance, aurait encore
des résultats plus décisifs si elle obtenait de la munificence
nationale, une dotation budgétaire qui permettrait de prêter
plus largement à l'ouvrier indigent les fonds qui lui seraient
nécessaires pour exercer le métier que ses aptitudes intel-
lectuelles lui auraient fait choisir.

Des coteaux de Clermont aux rochers du Mont-Dore
Des abîmes sans fond se prolongent encore,
Qui servirent de sanctuaire
Au soldat montagnard
Pour fêter l'anniversaire
D'un moderne César.

Un paragraphe du discours du président du Conseil
général du Puy-de-Dôme, adressé à l'empereur, le 8 juillet
1862... lors de son excursion à Clermont, fait un tableau
assez pittoresque des vertes campagnes de l'Auvergne, ainsi
que des mœurs, de la religion, des souvenirs des premiers
médaillés de Sainte-Hélène.

Sous ces voûtes profondes, dit le noble duc, sous tous les
régimes qui suivirent les désastres des traités de 1815...

Ces rudes enfants de l'Auvergne s'y réunissaient comme
s'il se fut agi d'un culte persécuté, pour y célébrer mysté-
rieusement la fête de la Saint Napoléon.

Titus, sur le char de Bellone,
Ne fut jamais mieux acclamé.
Quand du cœur de son peuple un monarque est aimé,
Si.... la liberté le couronne
Où se portent ses pas la gloire l'environne

Le lendemain de sa réception à Clermont, Napoléon III
alla parcourir les environs du plateau où fut, du temps de
Rome, située la ville de Gergovia, illustre hétacombe des
descendants de ces Arvernes qui disputèrent longtemps à
Jules César la conquête du Mont-Dore. L'Empereur, fatigué
d'une course lointaine pour reconnaître la position straté-
gique d'un camp retranché de Jules César, s'étant arrêté
dans le cotage d'un honorable magistrat de la localité,

Qui, maire de l'endroit, rude et franc compagnon
Vint offrir un flacon du meilleur de sa treille ;
    Comme le vin fut trouvé bon,
Le maire dit alors : emportez la bouteille.

(Messager de l'Allier, du 12 juillet 1862.

Qu'on le veuille ou non, dans les vieilles chancelleries
de l'Europe, la France, en Italie, représentera toujours la
marche ascendante des principes et des idées du progrès
social et même le pouvoir clérical, aurait subi une transfor-
mation administrative, sans l'échauffourée de Garibaldi.

Le ciel à l'enfer est soumis,
Garibaldi trahi sa gloire
Tourne le dos à ses amis.
De son passé — perd la mémoire
Des plus beaux jours de son histoire.

Le *Dirito*, journal de Turin du 23 août 1862, publie la proclamation de Garibaldi appelant les Hongrois à l'insurrection, et qui se termine ainsi : *Rome ou la mort !*

A son tour, l'*Italie* du 26 août 1862, donne la réponse de Klapka à Garibaldi :

Votre voix, dit Klapka à Garibaldi, aurait trouvé un écho parmi mes concitoyens, quand vous poussiez le cri de guerre, à la tête de vos volontaires, réunis aux troupes royales, pour marcher ensemble contre la dynastie des Habsbourg...

Aujourd'hui ce n'est plus la voix de l'Italie, mais celle d'un homme qui travaille à détruire sa propre gloire et qui compromet son nom dans les tristes hasards de la guerre civile.

Cessez donc de travailler au profit des Habsbourg, de Rome, et même enfin, pour toutes les réactions de l'Europe, en voulant trop hâter l'unification de l'Italie.

Garibaldi, trop vieux de six mois a vécu

De sa patrie en deuil, sans gloire il est vaincu
Des courants que l'enfer sur vos pas vous amènent
A d'étranges destins quelquefois vous entraînent.

L'insurrection qui menaçait de compromettre l'indépendance de l'Italie dans un seul jour, a été vaincue. Obligé de renoncer à marcher sur Reggio... Garibaldi s'étant retiré à Aspremonte, une des plus fortes positions des défilés des Appenins, fut de suite attaqué par les troupes royales, commandées par le colonel Palavicino.

Après un combat très-vif, qui a duré 10 heures, dans lequel il a été blessé, ne pouvant plus fuir il s'est rendu sans composition, avec tous ses adhérents.

Une frégate italienne, sur laquelle il a été consigné, a conduit ce César et sa fortune dans les murs crénelés de la Spezzia.

Ainsi a été vaincu un homme qui n'avait pour lui qu'un prestige éclatant. L'homme est mort, son épée est brisée, mais au bout de cette épée reste encore une pointe qui tôt ou tard écrira sur le piédestal du lion de saint Marc... les fastes historiques de l'unification de l'Italie.

Losqu'un peuple s'insurge, il marche avec entrain
Mais si de son triomphe on veut ouvrir le livre
On voit que, fatigué d'être son souverain
Malgré lui son fusil lui tombe de la main,
Quand d'habiles meneurs l'ont ainsi laissé vivre
Il abdique ses droits, lui-même s'en délivre.

Ainsi semble agir le roi d'Italie, au nom de la liberté dont il a jusqu'à ce jour réprimé les écarts, il n'a pas craint d'amnistier Garibaldi et ses adhérents. Un autre à sa place eut fait de sa victoire une hécatombe de sang, mais le roi honnête homme observe une autre ligne de conduite; il marche ou s'arrête sans briser le télescope qui permet de voir de loin aux patriotes italiens.... la roche Tarpéïenne au mont Capitolin....

Quitte ton ciel, divin Pluton
Ton auguste et docte patrie,
Exile un roi qu'on nomme Othon
Son épouse et sa compagnie.
Ce roi, moins grec que bavarois,
Avait déjà pendant deux fois,
Sauvé sa puissance anarchique
D'un vieux courant de république,
Dans un pays de pauvreté,
Que rien d'heureux n'avait fêté.

Pendant que le roi Othon, souverain de la Grèce, que trois puissances protectrices avaient fait roi, en 1830; enfin tandis que ce roi était allé se faire voir dans une des provinces de son petit royaume, dont une révolte populaire avait momentanément troublé la tranquillité. A son retour, il fut forcé de s'arrêter devant les portes d'Athènes par ses affidés, qui vinrent le prévenir que la veille, 24 octobre, un mouvement populaire avait soudainement éclaté et que, le peuple ayant fraternisé avec ses troupes comme dans le courant politique du 3 septembre 1843, le Sénat, pour maîtriser l'émeute, avait nommé un Gouvernement provisoire.... qui de suite avait proclamé la déchéance du roi et de sa dynastie.

Alors le roi Othon, qui ne possédait aucun moyen de répression, fut contraint, pour trouver un asile, de se retirer sur la frégate l'*Amelia* dont l'équipage lui était encore resté fidèle. Mais de cette frégate, ayant fait sortir une proclamation justificative des actes de son Gouvernement, à son tour le Gouvernement provisoire lui intima l'ordre de s'éloigner des eaux de Salamine. Le roi alors, profitant de la protection britannique, monta sur la frégate anglaise la *Sylla*, qui le ccnduisit à Venise.

Le roi Othon n'avait jamais compris que son Gouvernement avait eu mission d'ouvrir à l'Occident une route pour l'Orient. Philosophe couronné, content de son humble fortune, ce prince se montra toujours satisfait des frontières de son petit royaume ; jamais il ne voulut profiter des troubles démocratiques de l'Europe, en 1843 et 1848, pour en déplacer les limites ; aussi le Sénat d'Athènes s'était toujours trouvé en désaccord avec les actes politiques de son Gouvernement, qui jamais ne lui avait fait voir la Grèce que dans la nation hellénique de la Morée, mais toujours il n'avait voulu voir la Grèce non pas à Athènes, mais dans la Crète, l'Ionie Candie, Salonique et la Thessalie ; enfin dans toutes les contrées qui, depuis 1453 furent soumises au despotisme musulman.

La révolution du 24 octobre 1862 n'aura d'autres résultats que de faire du roi Othon le onzième roi qui depuis trois quarts de siècle, nonobstant par la grâce de Dieu, ont été mis en disponibilité, sur dix-huit races royales qui, depuis quatorze siècles ont régné en Europe... Et par le temps qui court, la volonté nationale peut encore diminuer le personnel de la légitimité.

Le jour que Mathieu de la Drôme
Du ciel va contempler le dôme,
De suite il vous prédit, pluie, orage, ou les vents
Qui font d'un météore éclater les courants.

De ses calculs mathématiques,
Il fait sortir la vérité
Mais les palmes académiques
Aux lueurs de cette clarté
N'ont vu que de l'obscurité
Dans l'auteur qui traça le plan du zodiaque
Rome même autrefois ne vit qu'un hérésiarque.

Le temps leur prouvera que cette effluve d'eau,
Qui fit couler un fleuve où passait un ruisseau,
Dont une vague houleuse aussitôt alla faire
Sur un petit coin de la terre
Le lac d'un déluge nouveau,
Qui fait de l'Institut submerger le vaisseau.

Dans sa lettre du 18 novembre 1862... adressée à l'Académie, M. Mathieu de la Drôme a fait observer à ce corps

savant que sa prescience météorologique avait just fié l'appré-
ciation de l'état du ciel, puisque de la ville de Cette à Milan,
de Venise aux rivages de la mer Noire, sur une étendue de
pays qui a dépassé plus de six cents lieux, ses calculs mathé-
mathiques avaient été attestés par des ruines et des boule-
versements occasionnés par d'impétueuses inondations.

Le météore signalé par M Mathieu de la Drôme a donné
beaucoup plus d'eau à l'Est qu'à l'Ouest, dans les submer-
sions de l'Italie. Ainsi ses prédictions ont été réelles.

Un temps viendra, dit Mathieu de la Drôme, que l'état
du ciel sera prévu jour par jour, heure par heure, si l'on
consent d'établir pour chaque région de la terre, une entente
astronomique entre les corps savants de l'Europe, afin que
des registres soient ouverts et tenus par de jeunes mathé-
maticiens chargés de faire connaître la marche des phéno-
mènes astronomiques.

Ce travail, dit-il, servirait à faire un annuaire en quelque
sorte prophétique, jour par jour, des rapprochements
sphériques de toutes les contrées de l'Europe, dans les
variations infinies de la température qui ne resteraient jamais
inconnues. Mais la prescience météorologique est condamnée comme la vapeur à subir un temps d'arrêt, puisqu'elle fut aussi condamnée par le tribunal de la science
qui cependant change maintenant la surface du monde.

Que les amis de M. Mathieu de la Drôme se rassurent sur
le sort de ses découvertes météorologiques : les astronomes
de la vieille école. avant peu, malgré eux, se verront con-
traints à porter des lunettes

ARTICLES.

www.ingramcontent.com/pod-product-compliance
Lightning Source LLC
Chambersburg PA
CBHW061520170626
46811CB00004B/1783